HISPANIC HERITAGE LITERATURE ORGANIZATION

milibrohispano.org

The Best
Christmas Stories

Las mejores historias en Navidad

BILINGUAL ENGLISH / SPANISH

Concurso de cuentos de Navidad
PRIMERA EDICIÓN
organizado por

HISPANIC HERITAGE LITERATURE ORGANIZATION

milibrohispano.org

First Edition / Primera edición 2019
© 2019, Hispanic Heritage Literature Organization
Published by **Snow Fountain Press**
25 SE 2nd. Avenue
Suite 316
Miami, FL 33131

ISBN: 978-1-951484-14-9

Editorial Coordinator by Pilar Vélez
Ilustrated and Designed by Alynor Díaz
Edited by Marina Araujo
Translated by Glossa Translations

E-mail: director@snowfountainpress.com
www.snowfountainpress.com

Printed in the U.S.A.

The Best Christmas Stories / Las mejores historias en Navidad is a bilingual collection of five award-winning stories from the First Christmas Stories Contest organized by the Hispanic Heritage Literature Organization / Milibrohispano.org to promote creative writing and enliven the spirit of Christmas in children and adults.

We invite you to enjoy this beautiful collection: *The Star of Bethlehem* by Blanca S. Padilla de Otero (Puerto Rico), *Christmas Heart* by Nelly Palma (Venezuela), *Randy's Christmas* by Yulien Jiménez (Cuba), *Celebrations in Nochebuena* by Gabriela Cárdenas (Ecuador), and *The Nativity* by Luis Xalin (Guatemala).

Let's make Christmas last all year by celebrating every day!

The Best Christmas Stories / Las mejores historias en Navidad es una colección bilingüe de cinco historias premiadas en el Primer Concurso Historias en Navidad convocado por Hispanic Heritage Literature Organization/ Milibrohispano.org para promover la escritura creativa y avivar el espíritu de la Navidad en grandes y chicos.

Los invitamos a disfrutar en familia esta colección: *La estrella de Belén* por Blanca S. Padilla de Otero (Puerto Rico), *Corazón navideño* por Nelly Palma (Venezuela), *La Navidad de Randy* por Yulien Jiménez (Cuba), *Celebración en Nochebuena* por Gabriela Cárdenas (Ecuador); y *El portal de Belén* por Luis Xalin (Guatemala).

Hagamos de cada día una celebración para que la Navidad dure todo el año.

Index
Índice

8

The Star of Bethlehem
La estrella de Belén

Blanca S. Padilla de Otero
PRIMER LUGAR

In the immensity of the sky, the stars were playing and decided to get together in small groups, taking on different shapes. They enjoyed being quiet in a still sky while their eyes blinked, making them shine intensely.

There was one amongst them that always left the group and escaped supervision to go listen to the conversations of Earth's inhabitants. She would hide, without being noticed, behind a window in the sky.

The Sun, the Mother Star, would watch them and count them from afar to make sure none of them went too far away from her sight while they were having fun. She suddenly realized that Aries was not with the others.

Aries was a blue star, gifted with an intense brightness that was more noticeable at night. She was beautiful, curious, noble, and a bit rebellious, and would not follow the rules that Mother Star had established. She would get away from her group to watch the people living on Earth. Mother Star did not allow them to watch or listen to their conversations.

One day during the month of December, Aries was behind the sky's window listening with curiosity to a conversation. She did not hear Mother Star calling her.

"Aries, Aries," yelled Mother Star, scared.

"Aries, Aries," her friends called.

The beautiful blue star was so focused that she did not notice when Mother Star got behind her and yelled at her.

"Aries, what are you doing? You know very well you are not supposed to be near the window. You continue with your habit of listening to the conversations of the inhabitants of Earth?"

Scared, Aries turned to look at her, feeling very ashamed for her behavior and trying to give an explanation that would prevent her from being punished.

En ese patio inmenso que es el cielo las estrellas jugaban. Se agrupaban formando pequeños corillos, tomando diferentes formas. Disfrutaban manteniéndose quietecitas en un cielo paralizado, mientras sus ojitos parpadeaban haciéndolas brillar intensamente.

Entre ellas había una que siempre se escapaba del grupo y de la vigilancia, para irse a escuchar las conversaciones de los habitantes en la Tierra. Se escondía detrás de una ventana que el cielo tiene y espiaba sin ser vista.

Desde lejos, la estrella madre, el Sol, las vigilaba y las contaba para estar segura de que ninguna se fuera alejar de su vista mientras se divertían. De pronto se dio cuenta que Aries no estaba junto a las otras.

Aries era una estrella azul, dotada de un brillo intenso. En las noches se notaba más su iluminación. Era hermosa, curiosa, noble y un poco rebelde. No seguía las reglas establecidas por la estrella madre. Se alejaba del grupo de juego para observar a los habitantes de la Tierra. La estrella madre les tenía prohibido acercarse a mirar o escuchar las conversaciones.

Un día del mes de diciembre, Aries se encontraba detrás de la ventana del cielo escuchando una conversación con curiosidad. No prestaba atención al llamado de la estrella madre.

—¡Aries!, ¡Aries! —gritaba asustada la estrella madre.

—¡Aries!, ¡Aries! —la llamaban sus compañeras de juego.

La bella estrella azul estaba tan concentrada que no se dio cuenta cuando la estrella madre se colocó a su espalda y le gritó.

—¡Aries, ¿qué haces?! Sabes bien que no debes estar cerca de la ventana. ¿Sigues con tu hábito de escuchar las conversaciones de los habitantes de la Tierra?

Aries, asustada, se volteó a mirarla muy avergonzada de su conducta tratando de darle una explicación que le evitara un castigo.

"Mother Star, forgive me. Down there, on Earth, there are some curious people that, for the last few weeks, have been watching us through giant telescopes. They are waiting for a signal in the sky, and I heard what they were saying. I'm worried and intrigued to find out what they want. They call themselves Magi." Aries continued talking excitedly, noticing Mother Star's interest. "They are wise men who read a lot and interpret special signals in the sky."

"And what does that have to do with you?" asked Mother Star, annoyed.

With feigned humility and shyness, Aries started talking again, this time with supplicant eyes.

"I heard they wish to find a little boy who is to be born in Bethlehem of Judea. They plan to find him to bring him presents because they say he will be the new King."

"I still do not understand anything." This time, Mother Star touched one of her tips, which looked like an arm and pulled her from where she was standing.

"Move away from the window and do not give me any more headaches. I have too much to do to be interested in something that does not concern us."

Stubbornly, Aries would not give up. Again, she started talking, without waiting for permission to do so.

"Please, let me explain. I already asked you to forgive me. If you listen, you will understand my reasons. Please, please," she pleaded repeatedly.

—Estrella madre, perdóname. Allá abajo, en la Tierra, hay unos curiosos que en las últimas semanas nos miran a través de unos telescopios gigantes. Están esperando una señal del cielo y escuché lo que decían. Estoy preocupada e intrigada por entender qué desean. Se hacen llamar Magos. —Aries continuaba entusiasmada hablando al ver el interés de la estrella madre—. Son sabios que leen mucho e interpretan señales especiales en el cielo.

—¿Y qué tiene que ver eso contigo? —le preguntó la estrella madre, molesta.

Con una humildad y timidez fingida, Aries volvió a tomar la palabra, ahora con ojos de súplica.

—Escuché que ellos desean encontrar a un niñito que va a nacer en Belén de Judea. Planean buscarlo para llevarle regalos porque se dice que es un nuevo rey.

—Sigo sin entender nada. —Esta vez la estrella madre tocó una de sus puntas, que parece un brazo, y la movió de donde estaba.

—Retírate de la ventana, no me des más dolores de cabeza. Tengo mucho que hacer para estar interesada en algo que no nos incumbe.

Aries, muy terca, no se daba por vencida. De nuevo comenzó hablar sin esperar el permiso para hacerlo.

—¡Por favor, permíteme hablar y explicarte! Ya te pedí perdón. Si me escuchas entenderás mis razones. ¡Por favor!, ¡por favor!, repetía sin parar.

Mother Star was on the brink of losing her patience. However, during their conversation, the other stars had moved closer and were paying close attention to it. She wanted to show them the importance of following the rules of the sky but, at the same time, to learn how to give explanations to defend what they thought was fair. She acknowledged that Aries had apologized. It was time to teach them humility, generosity, and solidarity. As the caring mother she was, she loved them and felt it was the right time to strengthen those values. Without further ado, and very seriously, she told the beautiful blue star:

"Tell us, what worries you?"

"King Herod, who lives in Jerusalem, is very upset about this new King. He wants to find him and kill him. The Magi, who live in different places, are planning to meet in the Orient to find the child and adore him. I wish to ask for your permission to light their way to Bethlehem of Judea."

Mother Star, feeling emotional, nodded in a sign of approval. She admired the generosity of her beautiful star, Aries, and told her:

"Tell me about the Magi and where they live."

Aries, happy and excited, told her:

"There are three. One lives in Europe; his name is Melchior. He is a wise old man, kind, with white hair and a white beard down to his chest. Balthazar is middle-aged; his skin is black and lives in Africa. And the last one, who comes from Asia, is a much younger Magus; his name is Gaspar, his hair is blonde, speaks very softly, and loves watching the sky at night."

Aries stopped talking, afraid that Mother Star would not listen to her anymore.

"How do you plan to help them?" asked Mother Star, fascinated with the story.

"This star has an admirable desire to help," she thought, satisfied.

La estrella madre estaba a punto de perder la paciencia. Sin embargo, durante la conversación las otras estrellas se habían acercado y estaban bien atentas a lo que decían. Deseaba darles un ejemplo de la importancia de seguir las reglas del cielo, pero, a la vez, quería que aprendieran a dar explicaciones para defender lo que creían justo. Reconocía que le había pedido perdón. Era la ocasión para educarlas en la humildad, la generosidad y la solidaridad. Como madre amorosa que era, las amaba y creía que era el momento para ayudarlas a fortalecerse en esos valores. Sin preámbulos y muy seria le dijo a la hermosa estrella azul:

—Explícanos, ¿qué te preocupa?

—El rey Herodes, que vive en Jerusalén, está muy molesto con este nuevo rey. Desea buscarlo y matarlo. Los Magos, que viven en diferentes lugares, están planeando encontrarse en el Oriente e ir en su bú

squeda para adorarle. Deseo tu permiso para alumbrarles el camino hasta Belén de Judea.

La estrella madre, emocionada, meneó su cabeza en señal de afirmación. Admiró el sentimiento de generosidad de su linda estrella Aries y le dijo:

—Háblame de los magos y dónde viven.

Aries, llena de alegría y entusiasmo, le contó:

—Son tres. Uno vive en Europa, su nombre es Melchor. Es un anciano sabio, amable, tiene su pelo blanco y una barba del mismo color que le cae encima del pecho. El otro es Baltasar, de mediana edad, su piel es negra y vive en África y el último, que viene de Asia, es un mago mucho más joven, su nombre es Gaspar, tiene el pelo rubio, habla muy pausado y ama mirar en las noches el cielo.

Aries terminó de hablar con miedo a que la estrella madre no la escuchara más.

—¿Cómo piensas ayudarlos? —le preguntó la estrella madre ya fascinada por la historia. «Esta estrella tiene un deseo de ayudar que es admirable», pensó muy satisfecha.

"I think that if I light their way to Bethlehem during the night, they can arrive at their destination without being seen by Herod's soldiers. That way, they can adore the child and give him the presents they carry," said Aries.

"Aries finish your task and, when everything is done, let me know how it went," she told her.

"Thank you, Mother Star," she answered, filled with joy.

The Magi left the Orient riding their camels and their caravans to reach Bethlehem of Judea. They started their journey following Aries' light along the way. They traveled all night until suddenly, the star stopped over a trough. Surprised by the place, they looked up at the sky. That was the message, and they understood that the child was there. They saw him with his mother, Mary. They kneeled and presented him with gold, frankincense, and myrrh.

From that day on, Aries came to be known as the Star of Bethlehem.

—Yo creo que si les ilumino el camino en la noche hacia Belén pueden llegar a su destino sin ser vistos por los soldados de Herodes. Me colocaré donde nació el Niño en señal de que llegaron a su destino. Así pueden adorarle y entregarle los regalos que llevan —dijo Aries.

—Aries, completa tu labor y cuando todo pase déjame saber cómo te fue, le dijo.

—¡Gracias, estrella madre! —le contestó llena de alegría.

Los Magos salieron desde el Oriente cabalgando en sus camellos y sus caravanas para llegar hasta Belén de Judea. Comenzaron su travesía siguiendo el rastro luminoso de Aries, quien les iba alumbrando todo el camino. Viajaron toda la noche y de pronto la estrella se detuvo encima de un pesebre. Sorprendidos por el lugar miraron al cielo. Era el mensaje y entendieron que ahí se encontraba el Niño. Vieron al Niño con su madre, María. Se arrodillaron y le regalaron oro, incienso y mirra.

Desde ese día se le conoce a Aries como
la estrella de Belén.

Christmas Heart

Corazón navideño

Nelly Palma
SEGUNDO LUGAR

Rain is not common during the month of December but, that time, it had rained nonstop for days and nights. The forest was flooded; plants, animals, and insects fought for survival in the face of such bad weather. There was a food shortage; fruits were lost due to the rain and wind, and going from one place to another was difficult because of the debris and the floodwaters.

However, the joy of childhood was intact at the Rabbit family's home. Benjamin Bunny and Rosita Bunny used the puddles for bathing and having fun. They jumped in the water and splashed each other while they laughed, having fun like only they knew how to do. Benjamin Bunny used his hind legs to splash his sister from head to toes. Laughing, she would threaten him:

"Wait until I catch you."

Mama Rabbit looked out the window and smiled, seeing her children play.

"Stop playing in the puddles. We are having Christmas dinner tonight, and I do not want to see you all muddy. Come into the house, take a shower, and get ready for the celebration." Mama Rabbit said to the little bunnies while hiding her smile and forcing an authoritarian voice.

"But mom," replied the little bunnies.

"No buts; come inside immediately," answered Mama Rabbit.

The bunnies shrug their shoulders and, tickling each other still, went inside the house as their mom had asked them to do.

Inside, Mama Rabbit dedicated herself to preparing dinner. She was fixing delicious delicacies for her family's delight. She paid particular attention to dessert, her children's favorites, the long awaited-for desserts she made every Christmas. Grandma Rabbit worked together with her, showing off her superior culinary skills. The most tempting aromas filled every corner of the Rabbit family's home.

When Papa Rabbit arrived home, Mama Rabbit was surprised to see the way he looked.

La lluvia no es común en el mes de diciembre; sin embargo, esa vez, había llovido por días y noches sin parar. El bosque estaba anegado: plantas, animales e insectos luchaban por sobrevivir ante tan mal tiempo. Los alimentos escaseaban, muchas frutas se habían perdido por la lluvia y el viento y desplazarse de un lugar a otro era difícil, por los escombros y la crecida del río.

Sin embargo, la alegría de la niñez se mantenía intacta en la casa de la familia Conejo. Benjamín Conejín y Rosita Coneja aprovechaban los charcos para bañarse y divertirse. Brincaban en el agua, chapoteaban, se salpicaban y entre carcajadas se divertían como solo ellos sabían hacerlo. Benjamín Conejín usaba sus patas traseras para salpicar a su hermana de pies a cabeza. Ella, entre risas, lo amenazaba:

—Espera a que te atrape.

Mamá Coneja se asomó a la ventana y se le escapó una sonrisa al ver el juego de sus hijos.

—No jueguen más en los charcos. Esta noche es la cena de Navidad y no los quiero ver todos enlodados. Entren a la casa, dense un buen baño y se alistan para la celebración —dijo Mamá Coneja a los conejitos mientras escondía la sonrisa y forzaba una voz autoritaria.

—Pero mamá —replicaron los conejitos.

—No hay pero que valga; para adentro, de inmediato —contestó Mamá Coneja.

Los conejitos se encogieron de hombros, y todavía haciéndose cosquillas el uno al otro entraron a la casa como les pidió su mamá.

En la casa, Mamá Coneja se dedicaba a la preparación de la cena. Alistaba deliciosos manjares para deleitar el paladar de su familia. Prestaba especial atención a los postres, los preferidos de sus hijos, sus esperados postres que ella hacía para cada Navidad. Abuela Coneja trabajaba a la par con ella, desplegando sus envidiables talentos culinarios. Los más apetitosos aromas llenaban cada rincón de la casa de la familia Conejo.

Cuando Papá Conejo llegó a la casa, Mamá Coneja se sorprendió de ver cómo lucía.

"Do you feel alright, Papa Rabbit? You look tired and worried," Mama Rabbit said.

"That is how I feel and frustrated too. I have gone around the whole forest looking for Christmas presents. The forest is destroyed, most of the stores are closed, and the open ones are almost empty. I have been looking for gifts for several days now without any success. I do not have any presents for anyone. What sort of Christmas can we offer the little bunnies?" and as he said this, Papa Rabbit's eyes filled with tears.

Mama Rabbit tried to console him. With a sweet voice, she said to him:

"My love, relax, at least we have plenty of food for dinner. Grandma and I have been able to prepare the desserts our little bunnies love so much. We will have dinner; then, we can play together and sing Christmas carols. It will be fun, you will see. Our little bunnies will understand. It will be a great opportunity for them to learn to be grateful for the things we have, like abundant food to share with the family. There will be other Christmas to give presents."

But those words did not convince Papa Rabbit, who insisted that the little bunnies waited all year for Christmas to receive their presents. Papa Rabbit thought they would be very disappointed.

Dinner time arrived, and Mama Rabbit and Grandma Rabbit had decorated the table and the house with beautiful Christmas ornaments. From the rooms came Benjamin Bunny and Rosita Bunny hopping and laughing while exclaiming:

"We want the presents before dinner!"

—¿Te encuentras bien, Papá Conejo? Luces cansado, angustiado —dijo Mamá Coneja.

—Así me siento, y frustrado también. He recorrido el bosque completo buscando los regalos para Navidad. El bosque está destruido, la mayoría de las tiendas están cerradas y las que están abiertas se encuentran casi vacías. He buscado regalos por días sin ningún éxito. No tengo regalos para nadie. ¿Qué clase de Navidad le vamos a ofrecer a los conejitos? —Al decir esto, los ojos de Papá Conejo se llenaron de lágrimas.

Mamá Coneja intentó consolarlo. Con dulce voz le dijo:

—Amor, tranquilo, al menos tenemos abundante comida para la cena. Abuela y yo hemos podido preparar los postres que tanto les gustan a nuestros conejitos. Compartiremos la cena y luego podemos jugar juntos y cantar villancicos. La vamos a pasar bien, tú verás. Nuestros conejitos sabrán entender. Será una oportunidad para que aprendan a ser agradecidos por lo que sí tenemos, como una cena abundante para compartir en familia. Ya habrá otras navidades para dar regalos.

Pero esas palabras no convencían a Papá Conejo, quien insistía en que los conejitos pasan todo el año esperando la llegada de la Navidad para recibir los regalos. Papá Conejo pensaba que se iban a sentir muy defraudados.

La hora de la cena llegó y Mamá Coneja había decorado la mesa y la casa, junto a Abuela Coneja, con hermosos adornos navideños. Del área de los cuartos salieron Benjamín Conejín y Rosita Coneja saltando y riendo mientras exclamaban:

—¡Queremos los regalos antes de cenar!

Papa Rabbit and Mama Rabbit looked at each other worried when they heard their children. Mama Rabbit intervened by saying:

"Children, this Christmas is going to be a bit different. You know that a terrible storm destroyed the forest. We were lucky not to suffer serious damage and to have food on our table. But the town is destroyed. There are no gifts to buy. So, on this occasion, we are going to have dinner, and later we can play whatever you want, but we do not have any presents."

The bunnies opened their eyes in surprise and, when it seemed they were going to start crying, Grandma Rabbit went into the dining room carrying colorful boxes decorated with beautiful golden ribbons.

"Here are the presents! Benjamin Bunny, open yours," Grandma said while handing a box to the youngest of the family.

When Benjamin Bunny opened the present, he found a note saying: "Dear Benjamin, you give us all your happiness. Your jokes, your ideas, seeing how you enjoy running and playing, fill our lives with smiles."
Then, Grandma gave her granddaughter her present. The note inside the box said: "Dear Rosita Bunny, you give us the joy of music. When you play the drums and the guitar, you fill us with pride and remind us that God lives through your talent."

Mama Rabbit's note read: "Dear daughter, every day you give us love through your attentiveness, your food, your devotion to this family. You are a blessing."

Papa Rabbit's said: "My dear son-in-law, many are the presents you give us. This house you built and that maintain every day with your own hands, the guidance to your children, the love you give my daughter, and the warmth you show me. Thank you for so much."

Papá Conejo y Mamá Coneja se miraron preocupados al escuchar a sus hijos. Mamá Coneja intervino diciendo:

—Hijos, esta Navidad va a ser un poco diferente. Ustedes saben que una terrible tormenta ha devastado el bosque. Nosotros hemos sido muy afortunados por no haber recibido mayores daños y por tener comida en la mesa. Pero el pueblo está destruido. No se consiguen regalos para comprar. Así que en esta ocasión vamos a cenar y luego podemos jugar lo que ustedes quieran, pero no tenemos regalos.

Los conejitos abrieron sus ojos en sorpresa, y cuando parecía que iban a comenzar a llorar entró a la sala Abuela Coneja. Venía cargada con cajas forradas de colores y decoradas con hermosos lazos dorados.

—¡Aquí están los regalos! Benjamín Conejín, abre el tuyo —dijo la abuela, mientras le entregaba una caja al menor de la familia.

Cuando Benjamín Conejín abrió el regalo se encontró una nota que decía: «Querido Benjamín, tú nos regalas a todos la alegría. Tus chistes, tus ocurrencias, ver como disfrutas correr y jugar nos llena la vida de sonrisas». Luego Abuela Coneja le entregó un regalo a su nieta. La nota dentro de la caja decía: «Querida Rosita Coneja, tú nos regalas el regocijo de la música. Cuando tocas el tambor y la guitarra nos llenas de orgullo, y nos recuerdas que Dios vive en tus talentos».

En la nota de Mamá Coneja se leía: «Querida hija, cada día nos regalas amor con tus atenciones, tu comida, tu devoción por esta familia. Eres una bendición».

En la de Papá Conejo decía: «Mi querido yerno, son muchos los regalos que tú nos das. Esta casa que construiste y mantienes cada día con tus propias manos, la guía que le das a tus hijos, el amor que le das a mi hija y la calidez que no te falta para mí. Gracias por tanto».

With tears, they all hugged in a big and long embrace, with their hearts full of happiness.

"Grandma Rabbit, you gave us Christmas when you taught us about the birth of the son of God, and today with this beautiful gesture," Papa Rabbit said.

And they all had dinner together as a family and celebrated the happiest Christmas of all.

Entre lágrimas se abrazaron todos en un abrazo fuerte y largo, con los corazones llenos de felicidad.

—Abuela Coneja, tú nos regalaste la Navidad cuando nos enseñaste sobre el nacimiento del hijo de Dios y hoy con este hermoso gesto —dijo Papá Conejo.

Y así cenaron juntos en familia y pasaron la Navidad más alegre de todas.

Randy's Christmas
La navidad de Randy
Yulien Jiménez - Cuba
TERCER LUGAR

Christmas is near, and with sadness, Randy watches from his window the white landscape that has covered the streets of his neighborhood. It had snowed so much that his parents had not been able to go buy the Christmas tree that each year adorns their living room.

"There won't be any presents from Santa without a Christmas tree," Randy thought. He was so sad he didn't even feel like playing.

Meanwhile, inside the old trunk, the toys were wondering what they could do to cheer him up and to live amazing adventures once again.

Teddy had a great idea: "Let's give Randy a Christmas tree! For that, we are going to need everyone's help."

And so, one by one, the toys got out of the trunk to carry out their plan.

A wooden block in the shape of a rectangle made itself as straight as possible.

The pyramid stretched as much as she could and, with a jump, got on top of the rectangle.

"Platoon!" Yelled the voice in command. "Ready!" And holding each other's hands, the soldiers got together in a spiral creating a peculiar garland.

On their part, the balls gave the tree some color.

A cute snowman, two small tambourines, and the gingerbread man, also joined the decorations.

Se acerca la Navidad y Randy observa con tristeza, desde su ventana, el blanco panorama que ha vestido las calles de su vecindario. Ha nevado tanto que sus padres no han podido salir a comprar el árbol de Navidad que cada año embellece la sala de su casa.

«Si no hay árbol de Navidad, no habrá regalos de Santa», pensaba Randy. Estaba tan triste que ni siquiera sentía deseos de jugar.

Mientras tanto, en el viejo baúl, los juguetes se preguntaban qué hacer para devolver al niño la alegría de siempre y volver a vivir increíbles aventuras.

Teddy tuvo una gran idea: «¡Vamos a regalarle a Randy un árbol de Navidad! Para ello vamos a necesitar la ayuda de todos».

Y así, uno a uno, se escabulleron los juguetes del baúl para llevar a cabo su plan.

Un bloque de madera, en forma de rectángulo, se colocó más derecho que nunca.

La pirámide se irguió lo más que pudo y de un salto se colocó sobre el rectángulo.

—¡Pelotón! —gritó la voz de mando—. ¡Listos! Y tomados de las manos los soldaditos se unieron en espiral formando una singular guirnalda.

Por su parte, las pelotas daban colorido al árbol navideño.

Un simpático muñeco de nieve, dos pequeños tambores y el hombre de jengibre, también se sumaron a la decoración.

Teddy watched deep in thought. Something was still missing. He then looked at his belly and, very carefully, removed the bright star that covered him and placed it on top of the tree.

It was the xylophone's turn to call Randy's attention, who could not believe his eyes. A colorful and peculiar Christmas tree brightened up the living room.

The child could not contain his surprise; he looked again and again, jumped around, laughed loudly, and his eyes were as bright as the star on top of the tree.

Nearby, a pair of bright brown eyes stared at him. Randy knew very well why the white wool, like fresh snow, was spilling out of his beloved teddy bear's belly.

Slowly, he tried to replace Teddy's filling.

Grandma sewed a beautiful overall, and Teddy was happy.

Now, they all enjoy together a hot chocolate by the Christmas tree while a dozen stories come up about the unexpected sighting.

Randy hugs Teddy tenderly and exclaims: "This is, without a doubt, the best Christmas of all!"

Teddy observaba pensativo. Algo faltaba aún. Entonces miró su pancita y con mucho cuidado quitó la estrella brillante que lo cubría y la colocó en lo más alto del árbol.

Llegó el turno del xilófono, cuya melodía acaparó la atención de Randy, que no podía creer lo que sus ojos estaban mirando. Un colorido y peculiar árbol de Navidad iluminaba la sala de la casa.

El pequeño no cabía en su asombro, miraba una y otra vez, daba saltos, reía a carcajadas y su mirada resplandecía tanto como la estrella en lo más alto del árbol.

Cerca de allí unos brillantes ojos marrones lo observaban fijamente. Randy sabía muy bien por qué la lana blanca, cual nieve recién caída, brotaba de la pancita de su amado osito de peluche.

Muy despacio trató de colocar nuevamente el relleno de Teddy.

La abuela cosió un hermoso overol y Teddy se sintió feliz.

Ahora todos juntos disfrutan de un chocolate caliente, a la orilla del árbol navideño, mientras surgen decenas de historias sobre la peculiar aparición. Randy se funde en un tierno abrazo con Teddy y exclama:

—¡Esta es, sin dudas, la mejor Navidad de todas!

Celebrations in Nochebuena
Reencuentro en Nochebuena
Gabriela Cárdenas - Ecuador
CUARTO LUGAR

On top of the short hill, the old oakwood house, painted in browns and light greens, stood up with its large windows and open spaces, where the warmth from the fireplace could be felt alongside the noise from children and adults organizing the grand event.

In the usually peaceful and quiet small town of Nochebuena, the rainbow-colored lights, carefully placed and connected, came to life hugging trees and benches, doors and windows. They adorned and lit the park, the church, the school, and every house in the surroundings, shining as they did every December. It was during that magic month when the town's lights could be seen from any faraway place, even the moon.

Seasons are not part of the unique town of Nochebuena; however, everyone knew when December arrived because, even though the sun was shining bright and the moon went to sleep earlier, the snow visited them on its way north.

En la cima de la corta colina, pintada de marrones y verdes claros, sobresalía la vieja casa de madera de roble, grandes ventanales y espacios abiertos, donde se sentía el calor del fogón de leña junto al estruendo de la algarabía de niños y adultos organizando el gran evento.

En el pequeño pueblo de Nochebuena, por lo general apagado y silencioso, comenzaban a encenderse las luces de los colores del arcoíris, cuidadosamente colocadas y conectadas entre ellas y abrazadas a árboles y bancas, puertas y ventanas. Así adornaban y alumbraban el parque, la iglesia, la escuela y cada casa alrededor. Brillaban como lo hacían cada año, únicamente en diciembre; era en ese mes mágico cuando se podían ver las luces del poblado desde cualquier lugar lejano, incluso desde la luna.

Las estaciones no formaban parte del característico pueblo de Nochebuena, sin embargo todos sabían cuando llegaba diciembre porque, aunque el sol brillaba con más fuerza y la luna se dormía más temprano, la nieve los visitaba de paso en su viaje al norte.

Following the path marked by thousands of colorful rocks and bright lights, all the people from the town arrived at the old house one by one. They would take a number and organize themselves in groups. Some decorated the rooms with orchids, sunflowers, and paper and fabric ornaments handcrafted by the community. Others prepared fabulous delicacies, desserts, and fruit juices, while some others planned games and prizes. That's how December was in Nochebuena.

The aroma of food cooking turned people into expert tasters. The music in the rooms brought them all together to sing and dance. They went from one place to another, laughing and having fun without ignoring their work.

Three days of preparations and everything was ready for Nochebuena's grand party. At six in the evening, six bells rang in the east wing of the church, starting the celebrations. The old house gleamed with happiness as it had not happened for a long time. December 1999 was a special one.

Siguiendo el camino, formado por miles de rocas de colores y luces brillantes, todas las personas del pueblo iban llegando una a una a la vieja casa. Tomaban números y se organizaban en grupos: unos arreglaban los salones con orquídeas, girasoles y adornos de papel y tela hechos a mano por la comunidad; otros preparaban deliciosos manjares, postres y jugos de frutas; y otros planeaban concursos y premios. Así era diciembre en Nochebuena.

El olor de la comida en el fogón llamaba a la gente a convertirse en expertos probadores, la música en los salones hacía que todos se reunieran a cantar y hacer rondas..., iban de un salón a otro, entre risas y jolgorios, sin descuidar sus labores.

Tres días de preparativos previos y todo estaba listo para la gran fiesta de Nochebuena, a las seis de la tarde sonaron seis campanadas en el ala este de la cúpula mayor de la iglesia dando inicio a los festejos. La casa vieja brillaba de alegría como no ocurría desde hacía tiempo, era un diciembre especial ese de mil novecientos noventa y nueve.

Three-quarters of an hour went by when suddenly the music stopped playing, and everyone fell silent. The house's big front door opened wide with a loud noise and, to everyone's surprise, an old white-bearded man, a bit hunched over and with a big belly, entered with a firm but tiring walk. Everyone looked at each other, clapping with emotion. It wasn't Santa Claus, it was Grandfather Jonah, the town's elder, who had been absent for some time due to his poor health. Very few had forgotten him, and almost everyone remembered him with love. The children surrounded him quickly, hugging him as if he was bringing them the best gifts, the latest model of Nintendo, or whatever they had dreamed of throughout the year.

Grandfather Jonah arrived carrying only memories and stories. The experiences in Nochebuena were so many, that he had enough for each one of those present: legends, stories, tales, and adventures, like those we all keep in our hearts and treasure as the most precious gift, sharing them every December by the fireplace, under the bright rainbow-colored lights, with our community, friends and family, as they do in the traditional town of Nochebuena.

Tres cuartos de hora habían transcurrido cuando de repente la música dejó de sonar. Todos hicieron un profundo silencio y la enorme puerta principal de la casa —con gran estruendo— se abrió de par en par, y ante el asombro de todos entró con paso cansado, pero firme, ese viejito de barba blanca, un poco encorvado y bastante barrigón. Se miraron entre todos y aplaudieron emocionados. No era Papá Noel, era el abuelo Jonás, el más viejo del pueblo, que tiempo atrás tuvo que ausentarse por su mala salud, al que unos pocos habían olvidado, pero casi todos recordaban con cariño. Los niños rápidamente lo rodearon y abrazaron con gran fuerza, como si les trajera el mejor de los regalos, el último modelo de Nintendo o aquello que, durante todo el año, soñaron con recibir.

El abuelo Jonás llegó cargado únicamente de recuerdos e historias, eran tantas las vivencias de Nochebuena que le alcanzaron para repartir una a cada uno de los presentes: leyendas, historias, cuentos y hazañas; esas que guardamos en nuestros corazones, que atesoramos como el regalo más preciado y las compartimos cada diciembre al calor del fogón, bajo las brillantes luces de arcoíris, en comunidad, entre amigos, en familia como en el tradicional pueblo de Nochebuena.

The Nativity
El portal deBelén
Luis Xalín - Guatemala
QUINTO LUGAR

When I was a child, Christmas was a synonym for the exquisite aroma of tamales, drinking punch, eating a dozen grapes at midnight: Mmmmm, delicious! Back then, I only thought about opening the presents my uncles sent from abroad. Outside, in the patios and unpaved streets, children had fun burning fireworks; it was one of the few occasions in which I got together with most of my cousins. But nothing could compare to midnight: we would end up immersed in hugs and good wishes for the following year. We cried, and we laughed. We remembered the good times from the previous year and talked about our New Year's resolutions.

Before the twelve bells rang, my mother used to grant a family member the grand honor of placing baby Jesus in the manger. It was a solemn act where all of us around the Nativity set watched the representation of the birth of Jesus, our Savior, and in the end, we all clapped and sang Christmas carols: «....*Pero mira como beben los peces en el río. / Pero mira como beben por ver a Dios nacido. / Beben y beben y vuelven a beber...*»

I remember the first time it was my turn: happiness made my heart as bright as the star of Bethlehem.

After several years of not doing it because of our move to the United States, my eldest daughter, who was five-years-old at the time, was very excited to help me set up the Nativity in the living room for the first time.

Ever since advertisements and Christmas carols reached her ears, she had been asking when and how we were going to set it up. She rehearsed my explanations with her dolls. During our trip to the river, we collected rocks of different shapes, moss, and dry twigs as decorations; a friend of ours who is a carpenter gave us some sawdust, and a neighbor gave us pine needles to put on the floor.

En mi infancia la Navidad era sinónima de aspirar ese olor exquisito al destapar los tamales, tomar ponche, comer una docena de uvas a las doce: ¡mmm, delicioso! En ese entonces yo solo pensaba en abrir los regalos que mis tíos enviaban del extranjero. Afuera, en los patios y calles de tierra, los niños se divertían quemando juegos artificiales; era una de las pocas veces que me reunía con la mayoría de primos. Pero nada se comparaba con la medianoche; terminábamos inmersos en abrazos y buenos deseos para el siguiente año. Llorábamos y reíamos. Recordábamos los buenos momentos del año viejo y contábamos los propósitos para el año nuevo.

Antes de las doce campanadas era costumbre de mi madre concederle a un familiar el alto honor de colocar sobre el pesebre al Niño Dios. Era un acto solemne donde todos alrededor del portal de Belén, observábamos la representación del nacimiento de Jesús, nuestro Salvador; y, al terminar, aplaudíamos y cantábamos Villancicos: «...*Pero mira como beben los peces en el río. / Pero mira como beben por ver a Dios nacido. / Beben y beben y vuelven a beber...*»

Recuerdo cuando fue mi turno por primera vez: en mi corazón brillaba la alegría como la estrella sobre Belén.

Después de varios años de no hacerlo, por emigrar a los Estados Unidos, mi primogénita de cinco años, emocionada, me ayudaría a colocar el nacimiento en la sala por primera vez.

Desde que la publicidad y las canciones navideñas anidaron en sus oídos me preguntó cuándo y cómo íbamos a ponerlo. Ella estuvo recreando, con sus muñecas, mis explicaciones. Del viaje al río escogimos piedras amorfas, musgo y ramas secas para decorarlo; conseguimos aserrín, donde un amigo carpintero; y un vecino nos regaló hojas de pino para regarlas en el piso.

The fragrance made me feel as if I was back in my homeland. We did not want to buy artificial adornments, this time we decided to do it a bit more natural and vernacular. Since I can remember, my mother set up the Nativity at home every Christmas, until she left this world to shine like a star in the sky. When she was sick, she sent me from my home country the Nativity set in a box with instructions to continue the Christmas tradition. She told me over the telephone: "You must teach my granddaughter, and she will teach her children. Never forget your roots. Borders may separate us, but in any part of the world, we are under the same sky."

In my mind, memories flutter around like butterflies, especially the Decembers that I spent with my mother and, fulfilling her last wish, on December 8th we took out the cast figurines from the box:

"Mom, it's a cow! Where do I put her?" my daughter said and stood there looking at it. "When are we going to the zoo to see them? My teacher says that cows give us milk."

"Right beside the shepherds, darling! We will go during the summer vacation," I answered while decorating the little tree and thinking that my daughter's lack of knowledge was not the city's fault. I decided I would take her to a farm.

"And the Virgin Mary?" She asked, unwrapping the newspaper.
"She is like a white rose!"

El olor me hacía creer que estaba en mi patria. No quisimos comprar adornos artificiales, esta vez decidimos hacerlo algo natural y más vernáculo. Desde que tengo memoria mi madre lo ponía en casa todas las Navidades, hasta que dejó el mundo para brillar como una estrella, allá en el cielo. Cuando estaba enferma me envió, desde mi país de origen, el nacimiento en una caja con las instrucciones de continuar con la costumbre navideña; por teléfono me dijo: «Te corresponde inculcársela a mi nieta y ella a sus hijos; nunca olviden sus raíces. Nos separan las fronteras, pero en cualquier parte del mundo nos cobija un mismo cielo».

En mi mente revoloteaban los recuerdos como mariposas, en especial los decembrinos que viví junto a mi madre; y, cumpliéndole su último deseo, el ocho de diciembre sacamos las figuras de yeso de la caja de cartón:

—Mamá, ¡es una vaca! ¿Dónde la pongo? —dijo y se quedó viéndola—. ¿Cuándo iremos a verla al zoológico? La vaca nos da leche, dice mi maestra.

—¡A la par de los pastores, hija! Iremos en las vacaciones de verano —le contesté mientras adornaba el arbolito y medité que la ciudad no era culpable del desconocimiento de mi hija; decidí que la llevaría a conocer una granja.

—¿Y a la Virgen María? —preguntó al desenvolver el papel periódico—. ¡Es como una rosa blanca!

"Next to Joseph! Yes, she's beautiful," I answered, pointing at the spot to place her. Then I fixed the bows on some of the presents. I could not believe that for several years, I had only been concerned about vanities.

"And the Three Kings and their camels?" She said with an inquiring look and crossing her arms. "I don't remember when I have to place them."

"My love, they don't go in yet, not until January 6th, the day of the Rosca de Reyes..." It was understandable; only once had I explained the process of setting up the Nativity.

"And baby Jesus?" She asked while caressing his head and kissing his cheek. "He looks like a radiant lily."

"Put him away, princess. Remember that you will put him in the manger on Christmas Eve; that is the day of his birth."

"Why in the manger? He will be cold on top of the moss. Buy him a cradle, yes, Mom? Even if it's a cheap one."

"The Nativity represents the birth of baby Jesus more than 2,000 years ago." I did not know how to continue explaining it. I thought for a while, and then I said, "the cradle you have to offer him is your heart!"

"Mommy, you know what..." She exclaimed, putting her hand on her chest, "he's knocking on the door. It beats very strongly."

"Let him in!" I said, simulating opening the door. There was a smile on her face.

I did not want to tell her at that time about Joseph, the carpenter, and the Virgin Mary's ordeal to find a place to rest, and the reason for Jesus to be born in the manger. At her age, she only needed to know the true meaning of Christmas.

—¡Junto a José! Sí, es bella —contesté señalándole el lugar. Luego le acomodé el moño a uno de los regalos. No podía creer que por varios años, solo me preocupé por vanidades.

—¿Y los tres Reyes Magos y sus camellos? —Hizo mueca de duda y cruzó sus brazos—. No recuerdo cuando debo ponerlos.

—¡Amor!, ellos todavía no, hasta el seis de enero; el día de la rosca de Reyes... —Era comprensible; nada más una vez le había explicado el proceso de poner el portal de Belén.

—¿Y el niño Jesús? —Acariciándole la cabeza, besó su mejilla—: Parece un lirio radiante...

—Guárdalo, princesa; recuerda que lo pondrás sobre el pesebre hasta la Nochebuena; es el día conmemorativo de su nacimiento.

—¿Por qué sobre el pesebre? Sobre el musgo tendrá frío. Cómprale una cunita, ¡sí, mamá! Aunque sea una barata.

—El portal de Belén es la representación del nacimiento del Nino Jesús hace más de dos mil años —no sabía cómo seguir explicándole, medité un lapso y continué—; ¡la cuna que debes ofrecerle, es tu corazón!

—¡Mami, sabes...! —exclamó, poniendo la palma contra su pecho—; Él está tocando la puerta, me palpita fuerte.

—¡Déjalo entrar! —le dije, con mis manos hice señas de abrir las puertas; de su faz brotó una sonrisa.

En esa ocasión, no quise contarle la odisea que vivió el carpintero José y la Virgen María para encontrar un lugar donde reposar y el motivo que obligó a Jesús a nacer en el pesebre. Ella, a su edad, solo necesitaba saber el verdadero significado de la Navidad.

The much anticipated day finally arrived. The children, who were with their telephones in the living room, jumped with excitement when I told them it was time to exchange gifts. First, however, my daughter would have the ultimate honor: she took baby Jesus out of the box, remembering her grandmother's absence. Several tears ran down her cheeks. Holding Jesus fervently, she kissed his forehead. A few children were sharing the event on social media, which was new for some. Others were taking pictures to share the images and try to get many likes. With her heart pounding, my daughter placed baby Jesus in the manger and, with a smile, she asked me:

"Did I do it well?" I nodded, hugging her. After a while of holding her against my chest, she said: "My grandmother would have been very proud, right?"

I kissed her on the forehead and she knew it was my way of saying yes.

We all clapped and then started singing:

«*Con mi burrito sabanero / voy camino de Belén. / Con mi burrito sabanero / voy camino de Belén...*»

Por fin, el día esperado. Los niños estaban atendiendo sus teléfonos en la sala, saltaron de emoción cuando les avisé que era hora de intercambiarnos los regalos; sin embargo, primero mi hija tendría el máximo honor: lo sacó de la caja, recordó la ausencia de su abuela. Varias lágrimas mojaron mis mejillas. Ella, cobijando a Jesús con fervor, besó su frente. Unos transmitían en vivo por las redes sociales el acontecimiento, nuevo para algunos. Otros, fotografiaban para compartir esas imágenes y así lograr muchas reacciones. Ella, mientras su corazón cabalgaba, lo colocó sobre el pesebre y sonriendo me preguntó:

—¿Lo hice bien? —Asentí con la cabeza, sumergiéndola en un abrazo; después de un lapso contra mi pecho, murmuró—: Mi abuelita debe estar muy orgullosa, ¿verdad?

Estampé un ósculo en su frente; ella supo que fue mi manera para decirle que sí.

Todos aplaudimos y luego empezamos a cantar:

«*Con mi burrito sabanero / voy camino de Belén. / Con mi burrito sabanero / voy camino de Belén...*».

Hispanic Heritage Literature Organization / Milibrohispano.org is a 501 (c) (3) nonprofit organization, certified by the Florida Department of Agriculture & Consumer Services # CH45760. FEIN # 47-3179293.

Our mission is to promote cultural development through programs that encourage reading and writing in English and Spanish, artistic creativity, showcasing the work of Hispanic writers, and the love for our environmental and culture for future generations.

Our vision is to consolidate our programs to inspire and contribute to the development of Hispanic writers, readers and artists, encouraging them to take leadership positions in the preservation of culture, the Spanish language, and the environment.

Our three core aspects:
- We are leaders in creating literary, artistic, and cultural programs that promote identity and sensitivity for our culture and the environment.
- We exalt creative work and promote the integration of literature and art into the community.
- We work to promote cultural awareness for an inclusive society that lives in harmony.

We invite you to support the Hispanic Heritage Literature Organization
Visit our Web: www.milibrohispano.org

Hispanic Heritage Literature Organization/Milibrohispano.org es una organización sin fines de lucro 501 (c) (3), certificada por el Departamento de Agricultura y Servicios al Consumidor de Florida # CH45760. FEIN # 47-3179293.

Nuestra misión es promover el desarrollo cultural a través de programas que fomenten la lectura y la escritura en español e inglés, la creación artística, la difusión del trabajo de los escritores hispanos y el aprecio por el patrimonio natural y cultural en bien de las futuras generaciones.

Nuestra visión es consolidar nuestros programas para inspirar y contribuir al desarrollo de escritores, lectores y artistas hispanos, alentándolos a tomar posiciones de liderazgo en la preservación de la cultura, la conservación del idioma español y la protección del medio ambiente.

Nuestros tres aspectos principales:
- Somos líderes en la creación de programas literarios, artísticos y culturales que promueven la identidad y la sensibilidad hacia nuestra cultura y el medio ambiente.
- Exaltamos el trabajo creativo y promovemos la integración de la literatura y el arte en la comunidad.
- Trabajamos para promover el crecimiento cultural y forjar una sociedad incluyente y en paz.

Lo invitamos a apoyar nuestra misión.
Visita www.milibrohispano.org

Made in the USA
Coppell, TX
01 December 2020

42543015R00033